MW01123302

Dans la même série :
Mais que cherche donc Madame Kiproko ?

© 2006 Alice Éditions, Bruxelles.
info@alice-editions.be
www.alice-editions.be
ISBN 2-87426-052-5
EAN 9782874260520
Dépôt légal : D/2006/7641/18
Imprimé dans l'Union européenne.

Toute reproduction d'un extrait quelconque de ce livre,
par quelque procédé que ce soit,
et notamment par photocopie, microfilm ou support
numérique ou digital, est strictement interdite.

Une partie de pêche pas comme les autres…

Texte et illustration
de Satoshi Itaya

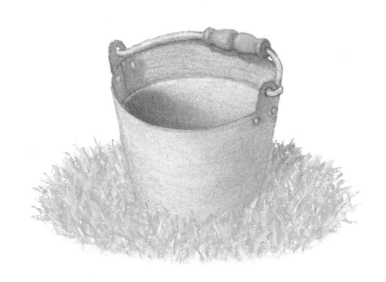

HISTOIRES COMME ÇA

'ALICE
JEUNESSE

"Quelle belle journée ! Un temps de rêve pour apprendre
à pêcher", dit Arnaud le souriceau à Monsieur Bouc.
"Quand on pêche, il ne faut pas être pressé",
lui apprend Monsieur Bouc. "Il faut savoir attendre…"
"Ah bon !?", s'étonne Arnaud.
Monsieur Bouc est un pêcheur cool.

Arrive Monsieur Taupin.
"Alors, ça mord ?", demande-t-il un rien moqueur.
"Pas encore, mais cela ne va pas tarder !",
lui répond Arnaud.

"C'est ma première partie de pêche", ajoute Arnaud.
"Vraiment ? Si je peux te donner un conseil",
lui dit à son tour Monsieur Taupin,
"quand on pêche, il ne faut pas être lent."
Monsieur Taupin est un pêcheur nerveux et impatient.

"D'ailleurs, tu vois bien ! J'en ai déjà attrapé un !"
Monsieur Taupin tire prestement sur sa canne à pêche.
"Celui-là, il doit être énorme ! Regarde ça !"

Mais, au bout de la ligne de Monsieur Taupin,
il n'y a qu'une malheureuse vieille cafetière !
Arnaud ne peut s'empêcher de pouffer de rire
et Monsieur Bouc de ricaner dans sa barbe…
"Zut et crotte !", enrage Monsieur Taupin.

Monsieur Taupin est très fâché
et, dépité, jette la cafetière
loin derrière lui dans les hautes herbes.

"Ça y est ! Moi, j'en ai un !", dit fièrement Monsieur Bouc.
Mais Monsieur Bouc ne tire pas sur sa canne et explique :
"Il faut attendre un peu, pour s'assurer
que le poisson morde bien fort et se fatigue."

Monsieur Bouc attend encore,
puis tire lentement sur sa canne à pêche,
sans se presser, en assurant fermement sa prise…
sous le regard plutôt inquiet de Monsieur Taupin.

Il est si lent, Monsieur Bouc, que le poisson
est parti avec l'appât ! Pauvre Monsieur Bouc !
Monsieur Taupin, à son tour, éclate de rire !

"À vous voir pêcher,
c'est plus difficile que je ne le croyais
d'attraper un poisson.
Je n'y arriverai jamais", soupire Arnaud.
"Oh ! Mais que se passe-t-il donc ?"

"J'en ai un ! J'en ai un !", crie Arnaud.
"Super ! Surtout, ne le lâche pas ! Tiens bon !",
lui dit Monsieur Bouc.
"Vas-y ! Tire fort ! N'attends pas !",
enchérit Monsieur Taupin.

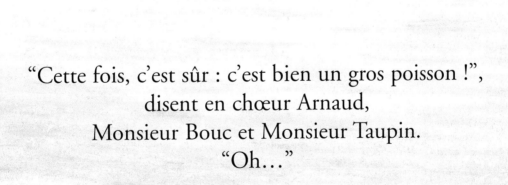

"Cette fois, c'est sûr : c'est bien un gros poisson !",
disent en chœur Arnaud,
Monsieur Bouc et Monsieur Taupin.
"Oh…"

Arrive Madame Kiproko, qui a vu ses amis en bas du chemin.
"Bonjour tout le monde ! Qu'est-ce que vous faites ?"
"Oh hisse !", continuent de souffler les trois pêcheurs.
"Madame Kiproko, venez nous aider ! Dépêchez-vous !
C'est un très gros poisson que nous avons pris…",
lui crie Monsieur Bouc.

"Me voilà ! J'arrive ! Tenez bon !"

"Oups !" Dans sa précipitation,
Madame Kiproko a mis le pied dans la vieille cafetière
que Monsieur Taupin avait imprudemment jetée…

"Oups !"

PLOUF !

Dans leur chute, les pêcheurs ont lâché leur prise,
qui en a profité pour s'échapper.

Trempés jusqu'aux os,
les quatre compères décident alors de rentrer.
Clopin-clopant, Madame Kiproko a toujours la jambe
coincée dans la vieille cafetière. Peut-être qu'avec du savon… ?

Arnaud, quant à lui, est enchanté de sa journée :
"Je me suis follement amusé, aujourd'hui !
Même si je n'ai pas attrapé un seul poisson, j'adore la pêche !"